第二詩集

通勤後譚

由紀莊介

郁朋社

第二詩集　通勤後譚／目次

第一章　夢の旅人

第二章　営み（二）

第三章　若き日への誘い

第四章　未踏

第五章　今あなたに捧げる詩

第一章　夢の旅人

朱色の塔

★スペイン・アルハンブラ宮殿★

ようやく沃野（ベガ）に朝陽（ひ）が射してきた
シエラネバダ山脈に光は踊り
ヘネラリーフェ離宮で水は撥ねた
僕らの魂はひとつひとつ
朱色の塔から抜け出した

市場では陽気な美女（マハ）が
カスタネットを叩き　フラメンコに興じている
街角では哀愁の美男（マホ）が
満ち潮のようにラスゲアードを掻きたて
引き潮のようにトレモロを奏でている

嘗てイスラムの王様は
この地に煌びやかなハーレムを築いた
リンダラーハの中庭(パティオ)に天人花(てんにんか)の香り
ライオン宮に水時計の滴り

……きっと今宵忍んでくるだろう
三日月に王妃は豊かな胸を高鳴らせた
雪花石膏(アラバスター)の採光窓(まど)から覗けば
トレド剣を提げた若者がよじ登ってくる

嘗てタレガもセゴビアもイエペスも
在りし日の栄華の王国を賛美した
オリーブや石榴(ざくろ)やアーモンドの花咲く丘
糸杉の木立でナイチンゲールがざわめく

遠く地中海　アンダルシア　そしてグラナダ

やがて深紅に染まる大きな落日
東へオリオンの騎士に導かれて
僕らの魂はひとつひとつ
朱色の塔へと戻っていく

（注）「アルハンブラの思い出」（作曲……FRÁNCISCO TARREGA）の心象詩（朗読詩）

巡礼

★フランス・モンサンミシェル★

旅人はグランド・リュで
急な石段から転げ落ちた
左足を強打し骨折した
誰も助けてくれようとしなかった
（神は余所見をされている）

旅人は古さびた礼拝堂の
ゴシックの柱で額を割った
冷やかに光は素通りし
ステンドグラスに纏わるだけだった
（神は沈黙をされている）

モンサンミシェルの
パティオに流れてくる
カルヴァドスの湿った風は
まだ夏と戯れている

旅人は白い女に見とれた
その彫りの深さ　眼の碧さ
豊潤な乳房　微笑む唇に
聖母を見いだそうとしていた
（神を冒涜するのか！）

旅人は回廊で雷に打たれた
こんなに祈念したというのに
信仰が足りないというのか

修練なのか　罰なのか
（神は存在するのか？）

クエノン川が注ぐ英仏海峡の砂州で
復活した老人は網を手繰った
――掬われたのは旅人の魂
その確かな重みに得意げだった

雨のミラノで

★イタリア・ミラノ★

ミラノは雨
雨だれの音
ホテルの小窓から外を眺めた
街路灯は朧げに浮かび
レースのカーテンより
差し込んでくる光の粒は
訳もなく天井で踊り
神と人の世界を切り分けた

ミラノは雨
夜更けの雨

アルプスを抜けてくる冷気は
豊饒な大地のエネルギーと出逢い
とめどもなく降り続く雨となる
比類なき装飾の尖塔は
ペーブメントと共に濡れ
中世の叫びを呼び戻そうとしていた
仄暗い間接照明
階上では愛を確認する気配
旅人は忘れていた感覚を取り戻した

ミラノは雨
降りしきる雨
プラタナスの存在を示す激しい雨
黎明を告げる鐘は鳴り
舞い上がる重たげな鳩の群

路面電車に追われるセント・バーナード犬
早朝に逃げ出す夥しい車
バカンスが始まったのだ
熟成したキャンティ・クラシコを含み
独り固いパンを囓った
恵みは薄かったが
悪くもなかった人生
もう一歩進んでみようか

ミラノは雨
降りしきる雨
雨　雨　雨……

街角

★ドイツ・ローテンブルク★

城塞の街で
石畳がなだらかに下っている
綿雲はマロニエの合間に湧いて
夕暮れを伝えに来る

ストリートミュージシャンの奏でる
カノンはたおやかに街角に流れ
ホテル『ゴルデナー・ヒルシュ』の
サインボードが甘やかな風に揺れている
それも異国の空で
遠い記憶を辿るように旅人を見送っている

澄んだ黒い瞳に真摯な愁いを含み
G線を爪弾く華奢な少女は
若き頃の貴女のようだ

轍の響きはしだいに薄れていくが
その面影は迫ってくる
林檎の木陰で揺れていた白きスリーブ
胸の膨らみ……

やはり貴女には
タウバー川の片隅に咲く
クリスマスローズが良く似合っている

詩人の魂

★イギリス・湖水地方★

どうやら雨が襲ってくるらしい
小舟が流れてさざなみが寄せてくる
クロウタドリは古巣へ辿り
ハードウィックが異様にざわめく

桂冠詩人はオークの長椅子に横たわっていた
『DOVE COTTAGE』の奥に潜んでいるドロシー
サウジーとコールリッジは抜け窓から
『THE SWAN』に向かったようだ

『St. OSWALD』教会にワーズワス一族の墓がある

お手植えの一位(いちい)の木の下
ストーンタイルの礼拝堂に
掃き集められた草の蒼い香り

雲間から漏れる月の光
風の在処を告げる薄紅のピース
迫りくる変化に危機感もなく
無防備な意識で捉えようとする

湖畔にひとり
至福を記憶する『DAFFODILS』
そこに喜びを見いだそうとする
……旅人は詩人の魂と一体になった

上空より

★ロシア・シベリア上空★

旅人は窓辺に寄り
雲の行方を追った
遙かな北極海を眺めた
飛び続けてもどこまでも
人気(ひとけ)のないツンドラ地帯
しかし懐かしい情感だ

雪解けで山肌は剔(えぐ)られる
その皺を伝い水は滴る
流れれば流れるほど歳をとる
蛇行を繰り返し

幾つもの三日月湖ができ精神も曲がる

シベリアは薄い青空
一瞬溶けて凍てつくのを待つ湖水
さざなみも立てずに存在する
それはリストラされた男の半生に似ている
波立て影響しなければデリートされる
ほんの短い夏の終わりに……

湖面は強く陽の光を反射する
（神を拒絶するのか！）
ジュピターに似た怒りの積乱雲がわき起こる
雲の中では激しい戦いが
繰り返されているのだろう
いつの世もそうだ

単純に騒ぐものだけが生きられる
複雑に黙するものは生きていけない

こうして旅人はロシアの
幾つもの入江を渡っていく

ブダペスト讃歌

★ハンガリー・ブダペスト★

この街は眩い光りの輝き
ドナウ川は一律に波立ち
空は青く深く
生命の起源を教えてくれる

城下公園のリラの花
カッパービーチが紫に染まる頃
老母はカロチャ刺繍に興じ
生命の豊かさを教えてくれる

東方へ旅立つ人

西方へ帰る人
幾時代もこの川を越えていった
南方を見上げれば
『漁夫の砦』に大接近の火星
北方を振り返れば
凛としたベガの煌めき

ああ！　ブタペスト
ああ！　美しきドナウ
生命の確かさを教えてくれる

少女

★オーストリア・ウィーン★

ウィーンの森で愛らしい少女と出会った
ブロンズの巻き毛は
抜けていく風に任せていた
プラタナスの木陰でミュラーを口ずさみ
愁いを湛えた頬に
木洩れ日が纏わった時
旅人は定めのように恋をした

夕陽に染まったシェーンブルン宮殿
オペラ座を背にして
リング通りをキャミソール姿で

闊歩する少女がいた
しなを作りながらコギャル言葉で
シャネルやルイ・ヴィトンを
執拗にねだる少女がいた

ウィーンの森で少女は寡黙に歩いていた
夢にあかりを見いだしたのか?
街中でかいま見せた我が儘で
小悪魔的に焦燥する姿はなかった
それらは
どこへ置いてきたのだろう
旅人は定めのように戸惑った

半日かけて染まっていく空
ゆるゆると滑りゆく時

ホイリゲの屋根裏部屋
重厚な間接照明は
十月のウィーンによく似合う
変化(へんげ)するのは愛のため？
少女は冷え始めた夜霧と交じり合おうとした

ウィーンの森で貴婦人然とした少女がいた
胸には純白のコサージュ
ハイリゲンクロイツ修道院のステンドグラス
少女は大理石の祭壇に跪いた
その清純さやたおやかさに
慎み深さや淑やかさに
旅人は定めように別れを告げた

小雨降る径

★チェコ・プラハ★

九月になれば思い出すよ
二人出会ったこの小径

窓辺で踊る　マリオネット
プラハの城　カレル橋
ミューズのような君の笑顔
リラの花びら降り注ぐ
初めてのくちづけはモルダウ川の岸辺
二人で肩寄せ辿れば街角に
夕べを告げる鐘が心に響いていた

時は過ぎ　君は逝き
あれからひとりぽっち

街は色づき　枯葉が舞う
小雨煙る　石畳
遠のいていく蹄の音
君の面影捜してる
思い出を浮かべながらモルダウ川は暮れる
一人で襟立て辿れば街角に
バイオリンソナタの音が心に染みてくる

時は過ぎ　君は逝き
あれからひとりぽっち　小雨降る径よ……

（注）コンチネンタル・タンゴ「小雨降る径」（作曲……HENRY HIMMEL）の心象詩

鼓動　★台湾・台北★

この鼓動は何だ！
激しいクラクションとバイクの波
黒い埃が舞い散る街
それは懐かしい記憶
終戦後の幼い思い出

偽ブランドの店
故障の言い訳をする運転手
パパイアミルクの匂い
〝輪廻転生〟真昼の葬儀
『忠烈祠』の衛兵交替儀式

街中はいつでもお祭り騒ぎ
深夜に祈る人達
お香が揺らいで立ちのぼっていく
真剣に銃を操る若者がいて
路地裏で佇む女もいる
狂った人生を当たり前に過ごせる街

宙を舞う曲芸の少女
そこに貴女の面影を捜す
魔除けの台湾翡翠が
白いうなじで揺れている

古宮の春

★中国・北京★

一、あなたと　わたしは　小舟に揺られ
水面に浮かんだ　白い雲見てた
時は　ゆっくり　調べ　ゆったり
曙光あふれきて　煌めくよ
岸辺を彩る　柳芽吹けば
杏の花咲き　桃の香り立つ
大凧空高く　釣り人石舫（せきぼう）に
あぁ　長廊を渡れば　古宮に鐘が鳴る
二人は胸に希望を　宿らせて語る

二、あなたと　わたしは　胡同（こどう）を歩く

崩れた土壁　刻まれた謂われ
時は　ゆっくり　調べ　ゆったり
華風寄せてきて　囁くよ
小さな中庭に　槐(えんじゅ)繁れば
老婆は娘の　服を編み上げる
揚げパン香ばしく　古着が干されて
あぁ　去りし日の母の　優しい面影よ
二人は門に腰掛け　昔振り返る

三、あなたと　わたしは　万里に登る
遠くの山から　木霊答えるよ
時は　ゆっくり　調べ　ゆったり
月は満ちてきて　微笑むよ
長城聳える　狼煙あがれば
破れた強者　戦いの記憶

昴は仄白く　曲水　宴雅に
あぁ　京劇の舞姫　杯浮かべてる
二人は夢見心地に　そっと手を触れる

二人は幸せ包まれ　肩を寄せ合う

（注）「合奏のための練習曲Ⅱ」（作曲……松本節）の心象詩

冬の街

★アメリカ・ペンシルベニア★

ステートカレッジは朝の寒さが似合う街
暗い坂道　苔むすレンガ
ブラウンヘアーに白い息
人生の疑問と向き合い
女子大生はペダルを踏んで
蔦のポーチをくぐり抜ける
老人は過ぎた日に想いを馳せ
旅人は憂い　シェリー酒を含む

ステートカレッジは夕べの灯りが似合う街
遠くの木立に残照が洩れて

なだらかな丘に地平が揺らぐ
古びた外套に包まれて
ランプの下で語り合おう
二人の未来やアメリカンドリーム
北のキャンパスはミントラブ
彼女は黙してセーターを編む

ステートカレッジは夜の静寂（しじま）が似合う街
白い出窓に舞い上がる雪
トウヒの森で凍裂が響き
豊かな過去を語ってくれる
暖炉の前で両手を組んで
敬虔な祈りを捧げよう
真摯な面影　寡黙なひととき
昔も今もこれからも　時はゆるやかに歩む

永遠　★グアム・恋人岬★

スコールは海の霊を呼び覚まし
跳ねるように波間に落ちてくる
やがてタモンベイに拡がる夕陽のセレモニー

あなたがいつも
その素晴らしさを持続できるように
手に入れたエネルギーを与えよう

あなたがいつも
優しい気持ちでいられるように
輝きに沸き立つ雲の存在を伝えよう

そしてあなたが
一緒に過ごす人々と
永遠の幸せに包まれるように
ブーゲンビリアの髪飾りを
密かに蓄えた喜びと共にいま捧げよう

土蛍　★オーストラリア・ゴールドコースト★

か弱き者よ　その名は土蛍
儚き者よ　その名は土蛍

亜熱帯降雨林の斜面で
青白く耀う地上の星屑
イギリス詩人の憧憬
交尾を終え最後の煌めき
それは墓標を示す灯火

やがて召され天空で
密かに輝くサザンクロスになる

第二章　営み（二）

通勤途中（ＰＡＲＴⅡ）

月曜日午前六時三十三分
丸ノ内線御茶ノ水駅
遠目でみれば兎のよう
おどおどしている気配
近目でみれば豹のよう
擦り寄る人を睨みつける
ドアが開くと飛び跳ねて
階段を一気に駆け上がる
（もう時間がありません）
地上に出れば浮浪者が
紙パック酒を啜り

タクトを激しく振っている
香りを振りまく金木犀
桂の葉が外れていく
　（もう時間がありません）
昌平坂ではビル清掃人が
喘いで自転車を漕いでくる
小太りの商人はいつものように
赤信号を無視して渡る
　（もう時間がありません）
そして私――
正社員でもないのに七時前
一番乗りで事務所を解錠する
すでにミューズは消えて……
　（これから長い一日が始まります）

サラリーマンソング

一、僕は元気なサラリーマン
流行りのリストラ恐くない
リーマンショックを乗り越えて
僕には生きてく道がある

二、僕はタフなサラリーマン
咳や嚔(くしゃみ)を浴びながら
インフルエンザをすり抜けて
僕にはやるべき事がある

三、僕は陽気なサラリーマン

評価の厳しいＯＬの
視線や噂をかいくぐり
僕には愛する人がいる

四、僕はのんきなサラリーマン
歳をとるだけ価値下がる
そんな時代といつ決めた
僕には大きな夢がある

雨上がりの朝

ふと思う
日本の夜明けは
どうしてこんなに暗いのだろうか
蒼ざめた心を剔る紺青
不安げな朝焼けの深紅
その解消をこの国に期待しても
仕方のない事だろうか
今に駄目になる……
もう駄目になっているのかも知れない
若者たちはすっかり情熱を失って
主張だけを繰り返し

働かなくとも一生暮らせると思っている
ところがどうだ
周辺国は武力で脅してくるではないか
産業界も半導体が廃り
液晶テレビや太陽電池も然り
あと十年経てばこの国は滅んでしまう

朝の桜葉の彩り
黄金の銀杏
こうして季節は曲がって
思考が燃え尽きぬまま曖昧になっていく
また巡って来るという気楽さや安穏さ
そのために深く人生を追求できない
ポプラもますます高く色づく
何に向かって？

横道に逸れる
まともに向かう勇気がないのか
あとは落ちていくしかない
辺りを見回してボイスレコーダーを取り出す
すべて隠れごとなのだ
幼い頃からそうだった
周囲との距離を感じながら
自分の存在を捜していた
決して中心にいたわけではない
権謀術数という大人達の生き様を
肌で感じ臆病で寡黙になった

雨上がりの遊歩道
どこから沸き出したのだろう

ミミズの臭いがする
プラタナスの香り
クスノキの騒ぎ

登校する子供達が
落葉をしっかりと踏みしめて
こちらへ向かって突進してくる
その笑顔！　元気だ！
エネルギーに満ちたはしゃぎ声
ランドセルに希望を背負ってくる
この国も捨てたものではないか……

果たして未来の空には
どんな星が瞬くのだろう

窓際

昔は穏やかだった
窓際なんて
こんな良い席を用意してくれて
小春日和の陽射しを十分に浴びる
朝遅く来て新聞を読んで
お茶をゆったり飲む
午後になればうたた寝をして
窓外の紅葉を眺め
季節の移ろいを感じる
ひとつ俳句を捻ってみたくなる
夕方はやけにそわそわして

デスクの受話器を取り上げる
今日たった一度の電話
アフターファイブのお誘いだ

それがどうだ
今は電子メール一通
「出社に及ばず」
肩たたきなんていう
柔らかな言葉も失せて
心の余裕も無くなった
果たして人間性はどうなった

しかし結局
昔も今も結論は同じ
――老兵は去るのみ

常連

油蟬が鳴いていた
陽射しがとても痛かった
突然大地が歪んだ
気がつくと保健室のベッドで
胸を露わにして横たわっていた
雨水の染みた天井
ひび割れた壁
――運ばれてきたのだ

軋んだ床板に人影がさした
甘い香りが漂った

「あたし　ここの常連なの」
隣のベッドから起きあがった少女は
蒼ざめた顔を覗かせた
少年は赤面して胸を隠し
半開きのドアから逃げ去った
窓辺で朴葉がざわめいていた

閑職に追いやられた男は
診療所のベッドに横たわっていた
あの少女はどこへ行ったのだろう
仄かに匂う香を求めて
日課のようにここで少年時代を彷徨った
夕焼けに榛名連峰が
最後の矜持を示していた
窓辺の朴葉はすでに散っていた

高岩公園

【秋】

今朝は霧の中
この湿った空気が
老人性の肌に潤いを与えてくれる
枯れた声も幾分か滑らかだ
落ち葉を踏みしめて歩んでいこう
今だけはオプティミスト
心も近視眼なのだろう
今後の仕事は見えてこない
物事の決まりは何なのか

樹木や芝生広場は
ミルク色に包まれている
淡い幻想――
うっすらとした木立の向こうには
何があるのだろう
すれ違うジョギング娘
犬と散歩の専業主婦
太極拳に没頭する老人達
みな背広姿を訝しがる
鵯（ひよどり）も警戒しながら
ナンテンの実を啄んでいる
木洩れ日が優しく
芝生から昇る蒸気を示している
何かにぶつからなければ存在は分からない
金木犀のトンネルをくぐれば少年時代

木々が放つ甘さに酔って
今朝もこの公園で立ち竦む

【春】

花の公園を巡る
通勤途中のトレーニング場
あるいはエスケープ
もしくは決断の場所
プラス思考への変換場所
反対周りをしてみれば
結論は出していけるだろうか
行く末はとうに分かっている
分からないのは
そこに至るまでのプロセス

不安なのはそれに逆らう意識
再生してくれたのはいつもこの場所
辛夷は萎れ　乙女椿が際立っている
半周巡り振り返ってみる
決意半ばに散っていく桜
いつも追い込まれている
あと半周辿れば
ここに来ることはないだろう
サラリーマン人生との決別
これからは
自分の矜持と尊厳で生きていくのだ

磁力

磁力は引き合うだけではない
まして反発するだけでもない
互いの距離を保つものでもある
（つかず離れず）
それは危うい関係
そのために神経は研ぎ澄まされ
（ごく自然に）
間隔をつめようとする
再び遠ざけようとするもの
いっそ障害物を置いてみようか
——新たなる三角関係

ひとりの風景

そのすずめ
近寄っておいで
ひと欠片のパンをあげよう
私のように
はぐれたすずめ

取り残された枯葉
男の掌
女の掌
私のように
干涸らびた葡萄

仲良く咲かない二輪草
絶えず俯くカタクリの花
雨の小径のヒトリシズカ
北の窓辺に紫蘭の小花
暗闇に光る半夏生

とんぼが棹に止まっている
端から見れば長閑(のど)やかだ
とんぼは必死で捜してる
子孫を残すお相手を
寒さに果てる明日までに

鵯はピラカンサを守るため
たった一羽で闘っている

昨日は椋鳥と尾長の群
今日は落ちた実を啄む
越冬ジョウビタキ

雪解けの畦道を
光を背負って
子らは登校する
上へ下へピカピカ　ラン！
右に左にキラキラ　ラン！

トロッコは
石炭を満載し
自ら転がり落ちるだけ
ゴロゴロバーン
ゴロゴロバーン　と

頭に乗せた和紙灯籠
生娘しか出来ません
誰かに見せたやこの舞いを
誰かに見せたや艶姿
よへほ　よへほ　よへほ　と

うねりと雲が同化して
ねぶた囃子も聞こえない
イカ釣り舟の漁り火に
思い焦がれる夏泊
今宵も海峡渡れない

少し凹んだお月さま
こいつを朝まで追いかける

（注）山鹿灯籠祭の心象詩

まんまるまるになあれ
まんまる　まんまる
お月さま

足元にさくら
見上げてもさくら
目の前にしだれさくら
囲まれてさくら
はらりひらり　さくらさくら

水は和（なご）やかに撒くが良い
光のレンズに炙られて
葉物野菜はすくっと育つ
三連水車の水飛沫
小さな虹に大きな希望

合奏団

「やあ！」と言えば「おお！」と手を振る
それだけで時を超える
上下関係も男女の区別もない
みんな中性　同位体
いわば配向性を持った分子達
それぞれの修羅場を潜り抜け
今は音楽性だけを追求する

ピッチカート　トレモロ　ラスゲアード
それなりのテクニックを有する
タクトをとる彼は晴れ晴れとしている

経験豊富だから舞台であがることはない
ただ集中力の途切れが心配だ
『ナイチンゲール』や『ひばり』のオード
ロマン派の詩人を支えたミューズが降りてくる

『シボネー』を弾けば仲間の顔が甦る
軽い語らいや笑い声　震える指使い
暗闇の客席に君を見る
人生のナノタイムを共有する
歳降れば哀愁だけが寄せてくる
それを振り払いギターを奏でる

……やがて新たな秩序が生まれるだろう
　そのときここも卒業する
　持続性を失った魂と供に封印する

元旦

光が丘公園の築山に登る
あちらこちらで寿(ことほ)ぎが聞こえる
臘梅(ろうばい)の梢にメジロの群れ
皆明るい方を目指していく
ラジオ体操はメタボを指摘する
「機能しているか？」と局所に問い掛ける
思わぬ風の寒さ……　爪先立つ

太陽が天頂を極めれば
非日常的な事をしたくなる
青空に連凧を操る男性

影を相手にパントマイムの女性
子供らは色彩を背負って飛び跳ねる
昼間のお屠蘇は眠りを誘い
すべてが等価でカオスに思える時

嘗てエネルギーは自分自身にあった
生まれたての朝日のように
周囲の人に分け与えることが出来た
それは誰のための光だったのだろうか
しだいに情熱は受け取るものとなった
若い世代のひたむきさやオーラを……
そして今　ゆるやかな風に包まれる

満ちた月は遠い記憶を残し
重みを忘れて天空に昇る

伝説の星座も巡っているだろうか
その中央に位置する北極星
凛とした君にも似た輝き
新春の冷気は心地好く
再び生きる事を決意させる

通勤後譚

公文書に職業欄がある
『主夫』と書いて訂正する
『無職』と記して立場を知る
さてさて『無職』とは
やたら形容詞がつきまとう
住所不定　前科△犯

相対的に地位が低下する
他人の見る目も変化する
嘲る者
遠ざかる者

意図して好奇に近づく
オレオレ詐欺者

『主夫』は家族ファースト
炊事・洗濯・介護・清掃
能力を超えたおもてなし
朝は健気に天使面
夜はすっかり堕天使で
行き着く先は下流老人

化学技術者だったので
料理するのは苦にならない
レシピを読み実験計画
官能検査を加えてみる
平日は落ち穂拾いのバーゲンセール

半日かけて徘徊する

タンパク質が足りないよ！
オートファジーが機能しない
ＰＤＣＡも回らない
目標も現状も曖昧で
標準値よりかけ離れ
独りよがりのプロダクトアウト

アドレナリンが出てこない！
闘争心も忍耐力もない
ＱＣＤはバランスを崩し
品質や納期も満足させない
コスト意識だけ研ぎ澄まされて
マーケットインにはほど遠い

学生時代はAllegro Vivace
サラリーマン時代は四倍速で
コンカレント処理は当たり前
いまや通勤帯には行動しない
動作はLargoもしくは五衰状態
おまけに頭脳は揮発性メモリー

団塊世代は通過するたび社会問題
学生運動　バブル　リストラ……
だからヤワには出来ていない
しかし今ではお荷物　障害物
SNSも知らぬ時代遅れの高齢者
これではブラック施設で過激にパージされるだろう

十％の消費税　年金生活者には重圧だ
製造業の収率十％
宝の山が眠っているがすぐに倒産だ
一万篇もの詩を書けば優秀作品は千篇？
研究機関の成功率十％
千三つの世界では大変な数字である

ハッピーマンデーもプレミアムフライデーも存在しない
深夜残業は当たり前　過労死認定もなかったな
今や病気のオンパレード――　糖尿　痛風　脂肪肝
頸髄症に座骨神経痛　キーンベック病とくれば勲章ものだ
それでも失恋の痛みは懐かしい
冬季鬱病には気をつけよう

差別用語と思わないか？

『無職』というから自棄になって
深夜にギターを掻き鳴らす
ひととき眠れば反省心
やり直したいことを思い描く
――未熟な初恋　学問　子育て

人生の極みで中庸の高みに登れば
終わりと始まりが見えるのか
妻だけは理想的な『主夫』だと言うが
尊厳を保つような呼び名はないか？
せめて矜持心あるレガシーな言葉だけを残そう
エミリ・ブロンテの遺作詩のように……

（注）・ＰＤＣＡ……Plan Do Check Act　　・ＱＣＤ……Quality Cost Delivery
・ＳＮＳ……Social Networking Service

第三章　若き日への誘い

夕映えの二人

空が燃えていた
すべての彩りが熔けていくようだった
少女はクレパスを握り
少年はギターを抱えていた
屋上で寄り添い話は尽きなかった
ボブ・ディランやビートルズのこと
『007』や『サウンド・オブ・ミュージック』
自ずとエネルギーが湧いた時代
　それが恋というには幼すぎて
　　愛というには頼りなさ過ぎた

流れる雲を見送っていた

やがて紫の夕べを迎えるのだろう
「夏休み何するの？」少女は尋ねた
「受験勉強かな？」少年は答えた
グランドではサッカーに興じる声
ときおり都電の車輪の軋み
眼下にきのこ雲の木立
世界が二人を中心に回っていた時代
　それが恋というには幼すぎて
　愛というには頼りなさ過ぎた

黄昏に黒髪が頬をかすめた
甘やかな時が漂った
少女は待っていた
優しく自分を包んでくれることを
少年は心に重みを覚え

どうしようもない感情が流れた
眠れなかった長い夜
詩を認めて握りつぶした
　それが恋というには幼すぎて
　愛というには頼りなさ過ぎた

落日は今も母校を染めているだろうか
屋上にシルエットは存在するだろうか
ショパンの調べは語りかけるだろうか
あのとき何を聞きたかったのか
今ならその想いを臆せず言える
今ならあえかなる瞳に
全ての星座を輝かすことが出来る
　あの交換日記はどこへ行ったのだろう
　――もうすぐ夏が来るらしい

三輪崎にて

海へと続く白い小径
照りつける陽射し
干涸らびた小魚の臭い
入道雲の行方……
鈍色に寄せる黒潮
岩場に船虫の群
大人達は愛おしむように
はしゃぐ子らを見守っている

　傾きかけた家の玄関で
病の祖父が迎えてくれた

垣根には夏蜜柑の香り
遠く熊蝉の鳴き声
町外れの古ぼけた映画館
祖母と観た『喜びも悲しみも幾歳月』
雨降るスクリーン
――傍らを夜汽車が過ぎていった

堤防を辿れば盛り上がる海
路地裏には酒場があって
東方から流れ着いた女が
年寄りの愚痴を聞いている
凪いだ浜辺はいつまでも
子供の心にさせてくれる
やがて幼い記憶を伴って
月は昇ってくるのだろう

北国への想い

光のうしろに空がある
意識の流れが夜をはしる

君よ！
なぜ気嵐の世界に
生きようとするのか
窓辺に薄い黎明の中で

　僕は夢を見た
何度も何度も繰り返す
『復活』の夢を……

シベリアに降る雪に似た女が
いつも同じ場面で消えていく
その声は弱く小さく
　時代の渦に飲み込まれていった

いつかオホーツク海を見てみたい
それも極寒の頃
流氷が夕陽に映える時
君がいつも眺めていたという
その北の海を……

一九九〇年　秋

訪れるのはこの季節
北浦和公園——
燃焼しきれなかった青春を求めて
年一度の里帰り

見知らぬ人が行き交うこの地
トウカエデの木陰で噴水は踊り
虹がかかる昼下がり
風の涼しさが追憶へと誘う

シュプレヒコールが聞こえ

バリケードが崩された日
僕らは何時に無く昂奮していた
そして自分達の世界に浸っていた

戸惑いながら
笑顔をつくろっていたあの日
この時の隔たりは
何の意味があるのだろうか

影とカートを伴い
僕はいつも旅を続ける
家族や友人から離れ
空白の中で燻りながら息をする

いつまでもこうしていたいのだ！

季節が移るとき
また会おうと約束した君
そう　この色づく時に……

恋を忘れてしまった今
思い出すのは白く輝いていた君
ときおり静寂に包まれて
僕を真空にする

小さな決意

少女は感動して
胸元で手を合わせた
それは佐渡に沈む夕陽
和らぐように
そしてあまりに早く
その身を割っていく
入江の騒ぎは収まり
強い潮の香も止んだ

少年は夜釣りの魚籠を携え
長ざし竿をかざし

小舟で沖へ漕ぎ出した
一里灯の辺りで漁り火を焚く
穏やかに行き交うさざなみ
岩場では
千切れた飛沫の明滅
遙かな流れ星の在処

彼はそれらを傍観していた
やがて戸惑いながら昇ってくる朝陽
突然　海猫の騒ぎ
サト桜の仄かな匂い
それは
少女の不在
少年の不在
あらゆる出来事の終焉の啓示

彼は安らいだ景色を目にした
豊饒な養分を含んだ潮が
満ちてくる浜辺
陽気なお年寄りの語らい
彼は小さな決意を科した
つややかに一日を過ごしてみようと
そしておもむろに
新たな土地をめざそうとした

封じられた遊び

鬼ごっこをしなくなって何年経つだろう
メンコをしなくなってどのくらい経つだろう
缶蹴りや馬跳びなんていうのもあったな
最後にそれをやったのは
何時のことだったか
石合戦なんていうのもあった
今では信じられないことだけど
誰かが当てられて泣くまで続いた
いじめではない
わざとやったのでもない
本気に投げ合って正当に怪我をした

今では考えられない話だが
僕はあどけない顔をして
平気で石合戦に興じていた
最後にそれをやったのは
何時のことだったか
小学校を卒業した頃か？
いやそうではない
ある日ばったり止めたんだ
木陰に揺れるお下げ髪が
妙に大人びて見えたが故に……

坂道

蜩が鳴いていた
谷間の水車小屋では
勢いよく水を跳ね上げていた
病後の身体を引きずって
下校時　友達に遅れて
登る坂道はきつかった
返照の丘で人影が揺れた
「疲れてないかい」
母は言った
熱はないようだ
額に暖かい手を当てた

「ツカレテナイカイ」
母は呟いたようだった
軋んだベッドで
安らかに眠っている
母の手は冷たかった
窓辺では
蔦の葉が一枚外れて
光の雫に送られていった
そのとき
この夏初めての蜩が鳴いた

成増辺り

春訪れて白子川
緑のそよ風ヒヤシンス
つくしの野原　微睡んで
ひばりの声に起こされる

幼い舞台は崖づたい
忍者遊びに笹の弓
青空めがけ矢を放つ
菖蒲笛吹く仕舞風呂

S字の小径　坂の径

山羊の鳴き声　水車小屋
畑の畝の麦踏んで
分校通いはみそっかす

叱られて旧道を辿る
茜雲カリヨンの響き
引鶴は北へ飛び立つ
丘の上　待つ母の影

追憶はいつも夕暮れ
対峙する新たな時空
逝く友を見送る僕は
取り残された異邦人

夏迎えれば荒川へ

クチボソ釣りの供をする
父の自転車つかまって
そのまま居眠り夜の道

中学あがれば異国へと
駐留地は夢の園
色鮮やかな建物や
碧の芝生濃（こま）やかに

深夜放送未明まで
受験勉強片思い
青い便箋文字並べ
常にいつでもモノローグ

校庭のフォークダンス

頬掠めるポニーテール
篠懸(すずかけ)がはらはらと舞い
乱れ戸惑う　晩秋の心

追憶はいつも夕暮れ
対峙する新たな時空
逝く友を見送る僕は
取り残された異邦人

【初期作品】

晩秋の心

落葉のように心は乱れ
紅葉のように心は変わる
ああ！　十月よ
ああ！　秋よ
なんて君らは僕を惑わすのか

果てしない原野
遠く霞む地平線
仰げば空に雲三つ
なぜ君らは僕の心を締めつけるのか

遠く眺めたあの海も
迫り近づくあの山も
なぜか心を乱れさす
ああ！　十月よ
ああ！　秋よ
なんて君らは僕の心を惹きつけるのか

【初期作品】

響き

聞こえ来る無限の響き
雨降る夜の心の世界

夜は静かでした
悩ましげな雨だれの音に
存在するすべては包まれて……
私は眺めていました
雨の一雫に奪われた
魂の行く末を……

やがてその響きは
名も知れぬ石畳で
疲れ切った身体に宿った

その奥底で鮮血に逆らわず
沸き立った想いが流れ
新たなる言葉が生まれた

言葉は街路灯に浮かぶ虚像に移り
虚像は微かな蒸気に揺らぎ
朔風をかわして夜明けに消えた

……夢は終わった

私の感情のすべてが

その響きの助けを借りて
光となることを願っていた

雨だれは伝え聞いた歌を
大地に伝えようとして
なおも言葉を紡いでいました

私は眺めていました
天空から捨てられた孤児達を
そしてまだその響きは続いていました

聞こえ来る無限の響き
雨降る夜の心の世界

【初期作品】

予備校の屋上にて

【夏】

予備校の屋上に佇み
僕らは未来に夢を抱いた
浜辺の波音はすでに消え
遠い霧の山並みも
思い出のひとつに過ぎなかった
僕らは間近な嵐に向かって
地べたの枯れた草を便りに
飛ばされ泣きながら道を歩んで
微かな　ごく微かな

陽の光を待ち望んでいたのだ
屋上はとても暑かった
舗道の照り返しは肌を焦がした
だが人々は僕らを知らず
ビルの谷間で
今日の仕事を続けていた

【冬】

僕は独り予備校にいた
七階の屋上から
無数の生命を眺めようとした
霞んだこの街で
物憂げな雲の下で
あの人々は意識したように姿を隠した

一分……
無に近く眩いほどの白い世界
一分……
動くものがやっと見えた
ひとすじの流れが
昼間の人々を運んでゆく
この原情景に瞬時の安堵が宿った
ああ！
そして君にこの刹那の悩みと
沸き立つ喜びを伝えたかった

【初期作品】

夕景

（一）

赤茶けた車輪の片割れがあった。錆の粉が舞い、乾いた風をさらに息苦しくしていた。雑草は黄土色に枯れ、何故か、それは上空を吹く風に微動だにしなかった。それはコンクリートの裂け目と奇妙なコントラストを呈していた。冷たい景色であった。

そこは数年前まで工場の用地であった。毎日、山のように新聞紙用のパルプが積まれていた。製造工程から排出される独特の臭気が、工場近辺に充満していたこともあったろう。その鼻をつく臭いがこの町の繁栄を示していた。工場の北側を流れる川は黄色い泡に覆われて、水飛沫もあがらなかった。だが、その死んだ川も毎日の営みの一部となっていた。住民は自然破壊の疑念を抱いていたかも知れないが、町の経済を支えるパルプの製造に無関心を装っていた。それほどにこの工場に頼って働く労働者は多かったのである。

その工場がどうして廃止されたかは、都会の本社幹部以外は誰も知ることが出来なかった。それほど早急に、秘密裏に廃止されたのであった。労働者は戸惑い、怒ったがどうすることも出来ず、新しい生活を求めて散っていった。そういう時代であった。

（二）

いまや廃工場の敷地は子供達にとって、格好の遊び場であった。古びた機械の部品は彼等の遊び道具でさえあった。子供達は連日のようにそこに集まり、自分達だけの世界を楽しんでいた。サッカーに興じるグループもあった。白いボールは粉塵が漂っていない澄んだ青空に映え、大地に落ち、褐色の木屑を付着させ、また空に蹴り上がっていた。幾度となくボールは川に落ち、その都度それを取りに行く子供達によって、土手の土塊は崩され、川面に透明な飛沫をあげていた。

……夕べであった。薄闇に子供達はすでに家路を辿っていた。彼等は子供特有の沸き立つ歓びと、少し不安な思いを抱いて夕餉についているのであろうか。

だが廃工場の敷地では、ポプラの葉がカラカラと舞い、黒味がかったブロック塀の隅にひとりの少年が佇んでいた。仲間はずれにされたのであろうか？子供集団の世界は残酷で、弱い者に向かってくる。彼はおとなしく、あどけない表情をしていた。涙は幾筋に汚れていた。すでにシャツの袖口は乾燥した黄土色を呈していた。

少年はときおり「お母さん」と呟いた。そこから少し離れた所に、灰色の粘土質の崖があり、斜面に沿って熊笹が整然と連なっており、ときおり風にさざめいていた。崖の上には小さな遊園地があった。メリーゴーランドは今も回転し続けているであろうか？　鉄塔が斜陽を浴びていた。空虚な夕べであった……　谷間に位置する廃工場にはすでに陽は届いていなかった。機械の干涸らびた油と、パルプ屑の臭いが不思議な調和をなして、少年の周囲を包んでいた。ブロック塀の隅には、じめじめとした黒い土塊が吹き溜まっており、その脇に不自然な紅い実のナナカマドが植わっていた。夕闇の廃工場は異様な静けさで、無意味に時は経っていった。その推移は誰にも判らなかった。ただ、過ぎる風の冷たさが唯一の感覚であった。

（三）

少年はぼんやりと佇んでいた。彼の父親もその工場の廃止のあおりを受けた一人であった。父親は遠い都会に働きに出て、少年は母親と二人で暮らしていた。母親に対する愛着は全人格的に彼を支配していた。彼は虚空を仰いだ。一瞬風が止んだ。この摩擦のない世界に少年は自分という存在を強く意識した。その反動として不安の念が襲ってきた。物音のしない世界……　何かが起るという感覚が少年の神経を高ぶらせた。

母親が死ぬと思った。この思いが刹那に彼の全身を駆け巡った。訳も分からず道路に飛び出し、「お母さん」と叫びながら、凍えたアスファルトを駈けだした。母親が死ぬという思いは、哀しみ以上の恐怖であり、それは波状的に彼を襲った。その度ごとに彼は涙に咽んだ。道路沿いの溝に盗人萩が生えていた。いつもは子供達の遊び道具になっている植物であったが、彼は見向きもせず角を曲がった。その瞬間にも母親が死ぬという思考が脳裏を巡っていた。少年の不安定な足は、凸凹のアスファルトにひっかかり、もつれ、どっと地面に打ち付けられた。額から血が滲み出していたが、彼は痛さも感じず、左足を引きずり、急坂を登ろうとしていた。その頂上に人影があった。迎えにきた母親であった。

土手を歩む二つのシルエットがあった。川はかすかにさざなみを立て、ポプラの葉を浮かべ流れていった。

……静かな夕べであった。

第四章 未踏

未踏

【序】

本来『無』とは時間も空間もない。それを定義する因子は不明である。仮に始まりが虚数であるすると、原点は滑らかで定まらない。すべては数学的な辻褄合わせ。――曖昧である。今、存在するのは特異な現象である。嘗て宇宙は様々なものが詰まり調和していた。神も人間も、善も悪も。科学的に宇宙は空虚ではない。すなわち始まりは『無』ではなく『有』。エネルギーの密なる状態。ほんの僅かな不均衡（ゆらぎ）で始まり、意識が生まれ神は自由になった。その反動で現在の詩人は、宗教からも科学からも見放され孤独な個体となった。

【神】

始まりが虚数だとしたら、先端を目指せば希薄である。遅れてきた素粒子が集えばそこは混沌（カオス）。その一部に整然とした科学式が生まれる。神は解明できない領域へと、人間により範囲を狭められている。神はマイナス科学である。（果たしてそうなのか？）始まりは虚数。終わりは希薄。魂は混沌の中を戯れる。永遠とは何か？　ゆらぎから発したエネルギーは漆黒の真空で完結する。神が宇宙の根源であるならば神は虚像だ！　いくつもの偶然が重なってここまで来た。振り返ればそれらは必然の道程であった。今日、神は人間の理解し得ない概念を司る。すなわち分業——

ときおり神はミューズを送りつけてくる。言葉との葛藤の後で詩人は死んだ。いや言葉は死に、その後生きる。たとえ不条理であったとしても、彼は死に彼は生きる。人間に無視され苛め抜かれた神は地殻変動を伴って復讐する。自我という概念が存在しない創生期からの倣い。始まりは本当に虚数だったのか？　しかしミューズはまだ降りてこない。その足跡だけが記憶される。けっして追い求めたりはしない。属していない世界を目路する。仕分け作業だけが必要だ。棲み分けし、その上で共存する。神は信ずる者にしか存在しない。詩人はこのように神を擁護する。立ち並ぶ奥津城。少し高みに登ろう。下界には信者達の営みがある。煌々と窓明かりが映える。神はそこで溺れている。詩人は進まなければならない。神に騙されても良い。隘路を歩むにはまだ早いのだ。

雲は導かれている。少し高みの神に……　やがて下界に降りて行かねばならない。緑なす樹林は一方向に傾き、神の在処を暗示する。光はここに届いてくるのか？　神に近付こうとする登山者達。雲に抱かれ膨脹した最高峰の稜線を歩んでいく。（決して、神に捕まるなよ！）　黒々とした火山礫。神が放った雷（いかづち）も詩人には無意味だ。涼しげな風もやがては冷たさになる。愛はそれまで存在するのだろうか？　切り株に座り、辺りの匂いを嗅ぐ。入道雲の行方を追う。足元に紫の桔梗。冷気に夏の火照りを癒す。やがて暑さを懐かしく思うだろう。山霧は一瞬にして襲う。ひとりひとりの友を思い、詩人はやがて逝くだろう。薄い青空。太陽はさらに遠い。神は気まぐれに光を送り、たまに心地好い時を与える。詩人は再び勢いを取り戻す。神に仕えるため働けと！　立ち枯れた木々。冒涜したものを襲う。

　心を『空』にし、俯して潮流に漂った。呑み込んだ液体は激しい辛さだった。海中に繁茂する藻はそれだけで滋養になるが、決して神が創造したとは思うな！　詩人も科学的解析をせよ。数多の魚が塩辛い海より育つことを注視せよ。決して神が創造したのではないことを認識せよ。詩人も遺伝子の継承や進化論の確かさを信じよ。

　詩人は先に逝って待っているだろう。（生きているときは神に任せた方が良い）　君は恋人を装って彼の元に逝くだろう。（不条理な事は神に任せた方が良い）　愛を引き連れてやってくるというのか！（後処理は神に任せた方が良い）　それでも詩人は先に逝って待っているだろう。

　幼子の泣き声が神の疲れを癒す。その一方で人間の罪深さを加速させる。罪は励起し、浮游した心に宿る。決して発光はしない。嘗て愛が存在したという、初めての臥所を求めることにより想起する。その子が罪を意識し、それを宿すのはいつの日か。決して誰のせいだったかは問わない。昼は苦しみ、夜は楽しむ。親は苦しみ、子は楽しむ。習い性とはそういうものだ！　何も恐れることはない。神が人間を創ったというものもいる。人間が神を造ったというものもいる。どちらにせよお互いを束縛しすぎた。金波の下にも銀波があり、水泡は其の合間に存在する。深層流もやがて湧昇する。皆それぞれの思考に辿り着くだけなのだ。怒りを忘れ、眠れぬ夜を送った例がないならば、詩人は生きる歓びを知らないのだ。嘗て天空と大地は融合していた。神は命令しなかった。崇められもしなかった。人間はみな神と調和していた。等価だったとは言わない。理解できない事象の逃げ道であった。数学的解明がされない虚数領域。いつの日か神は人間を見下した。人間が人間を支配したともいえる。一人で生きよ！　貧しく生きよ！　神を喜ばすことも罪深さも忘れて。ああ！　幼子を形成している物質の気体は天空へ、固体は大地へ、やがて帰すべきところへ落ち着く。今日という原因。明日という結果。――考察は無数にある。

質量を失った魂は漂泊する。悪から解き放たれた漂い。生き返るまでのひととき。再び悪の世界へ戻るまでの合間。神は暴走するしかない。悪の根源である引力を振り切って、浮游する魂を盾にして、さらに希薄な領域に進まなければならない。神は逃げる。善の領域を狭め、重力波に追われ、光速以上で逃げる。あるいはワープする。神としての尊厳を保つために…… 輪廻を嫌う宗教もあるが、再生された人間はその結果の産物。善悪のつかないものはすべて煉獄に送り込めば良い。

過ぎ去った事柄の心地良さ。到達すれば皆そうだ。幅や速度の違いがあるだけだ。終焉は平等である。努力も名声も愛情もないところ。残されたものには嘲笑。まれに憧憬。やはり記憶しかないのか？ 何も持っていくことはできない。せめて現世は価値あるものを受け入れよ。神のお気に召すまま。神は始めにして終わりである。果たして詩人は神と人間を媒介する存在なのか？

【宇宙】

時が元素で表せない非物質だとしたら、それは意識の中で様々な次元を持つ。時はすべての事象を包含して、移動し続ける箱船のようだ。愛や想いは自由に泳げるだろうか？ それともブラックホールに閉じこめられて、弾けないエネルギーを蓄え続けるのだろうか？　移動する時空の中で思わず咆吼する。
エネルギーを発散するホワイトホールは善なのか？　悪なのか？　少なくとも生命の根源としての役割を果たしたはずだが……　そして宇宙は膨脹し続ける。そこにも善と悪は混在する。宇宙はマルチバース。消えたものは善、残存したものが悪。ダークエネルギーとダークマター。保つべきはバランス。それには観測と理論。すべては暗闇の中で生じる。詩人は本来中立であるべきもの。善と悪との狭間を埋める役割。デジタルではなくむしろアナログ。——すなわち繕う存在。

地上では様々な事柄と距離を測って暮らしていた。日常の生活に疲れたとき、その持ち場を離れてみたくなる。高原に寝ころぶこともある。緑の導管はその存在を伝えにくる。花粉を散らすこともある。（精子を振り撒くよりましなのか？）　規制緩和といっても新たなルールが始まるだけ。次の世にも煩雑な付き合いがあるのだろうか？　幸福の順列は存在するのだろうか？　構成する物質が素粒子になったら、そのまま分散させておくが良い。そしていつか、その空間でも、ゆらぎを知らせる反物質が生まれるだろう。地球は虚数なのか？　常緑樹も若葉が芽吹くように、すべては辻褄合わせの始まりがある。宇宙がその組み合わせで膨張し、落葉樹は明らかに枯れる。すなわち実数。すべては当然のごとき終わりがある。トレードオフの関係で活動する部品のため、エネルギーを補給しなければならない。眼（まなこ）に飛び込んでくるものを排除せよ。瓦礫を撤去しなくてはならない。物事の終わりに。それは長い始まりの始まり……

　時と名付けられたものは過酷である。ただし絶対的な定義はない。各々の定めによりそれを全うする。光を超える。望みを意識する。位相シフトしても換えられるものではない。たわいない欲望は捨てよう。時に抗うならば、せめて詩片だけを残していこう。フェムト秒の感動を限定された人々に……　詩人は臆病だから現実から逃避する。判断を先送りする。詩の題材を過去へと探しに行く。未来にも求めに行く。そしてゆらぎの中にも、遠ざかっていく宇宙の果てへも理路整然と曲っていく。だからここまで生きてこられた。しかし、宇宙線を防ぐ太陽風が無くなればγ線バースト。詩人は防御する術を持ち合わせていない。ああ！　姉妹星ネメシスよ！　汝の僅かな振舞で地球は分裂するだろう。嘗て融合した分子達を解き放つだろう。危うい界面に人間は存在する。そしてポピュリズムも、新興宗教も、紛争も、そこでは何もかも無意味である。――それにしてもいつになく柔らかな光と風。それらもやがて哀しみも幸せも存在しない『無』になるというのか。

発光をやめた球体は静かに急速に冷めていく。その一時期に生まれ羊水に宿り、源に溶けていくのだ。皮一枚でそれを阻止する。それは詩人の**意志**！　ならば**意思**はどこへ向かうのか？　足元深く沈んだ古き罪人と同列にはならず、今しばらく浮流するため、確信を持って決別する。羊水の海よ！　根源の母よ！　――ただ漂っているだけなのだ。永遠とはこうしたものだ。回帰もない。宇宙のような虚数開始もない。肉体は滅びても魂は漂い続ける。人間社会に貢献もせず、革新的な技術も見いだせず、詩片は感動や知的興奮を与えることなく、文化も築けず結論だけを急ぐ。詩人の思考はいつしか、宇宙の中に閉じこめられてしまう。ああ！　これまで何をしてきたのだろう。宇宙の中で詩人の所有するものは何もない。

【物質】

善きものと悪しきものとを調合してみる。それは水と油のように混合するだけなのか？　それとも化学反応を生じるものなのか？　足しても引いても零にはならない。掛けても割っても無限にはならない。悪しきものの記憶はあるが、善きものの残滓はない。多くの魂を見送った。果たして魂は物質なのか？その質量はエネルギーと等価である。少なくとも変換できる。果たして欲望は物質なのか？　億単位の物質が希薄になっていく。今や素粒子も通り過ぎていく。障害にもならない存在。同じ物質というなら感情は通じるのか？　物質から染み出た感情を告解せよ！　物質は精神を凌ぐ。元々そういうものなのだ。

人間は生命体の頂点にいる。その最後に存在するといって良い。そのわずかな時間に煩悩し、蠢き悲しんでいる。悩むということは諦めができないためだ。焦るということは我慢ができないせいだ。余裕があるということは、何も生まれないのと同じだ。

詩人という存在は多くの元素の集合体。いわば密になった状態。酸素を吸引し、二酸化炭素を排出する。いわば移動する汚物体。彼が火葬されればより多くのガスを発する。彼を形成した物質は離散する。土葬されれば構成物質の大半は若い動物に喰われ、発したガスは植物の光合成に役立つ。ほんの一部だけ子孫に受け継がれる。ごく微量はオゾンホールを抜けて宇宙へと向かう。他物質と融合し異分子となるものもあろう。詩人も『物質不滅の法則』を信じよ！詩人は嘗て、希薄の中の密な存在。いまや物質の中の希薄な存在。それでも送られてきた光子を跳ね返し存在を誇示する。一部は熱となり他の物質に影響を及ぼす。いわば暗闇の嫌気性生物。

世界は凋落してしまった。いや堕落したのは人間だ。色褪せたのは心の目。詩は真実を語り得ない。能力の範囲でしか表現できない。それは薔薇が咲き匂う頃、ポピーは萼(うてな)を返し、風は嫋々(じょうじょう)と巡り、迫り来る事象を予知する。ああ！和毛(にこげ)が舞う。距離を置く。それは隔たりではない。適切な関係。詩人よ！　脅威と対峙するために逃避するのか。暖炉の熾火。夜のくさぐさの語らい、星は煌々として幽く、遠く時鐘を告げる。今宵はなべて密やか。天上から不意打ちするミストラルよ！　米粒が叩くような雨音。結果は事実だけを示す。戯言はリートとなり飛翔する。或いは無機質となり見送る。それが詩人の永遠回帰——

物質が生成されたあと意識は生まれた。意識は基底状態の物質を支配し、やがて励起し想像の世界を生み出した。質量を有するニュートリノは、あらゆる物質を通過し意識を刺激する。すべてを支配するのはエネルギー。原点が曖昧なエネルギー。虚数理論を正統化するために拡がり続ける宇宙。そのたびに物質は励起し、意識は戸惑いを隠せない。消滅するまでの意識の流れ。

ボトム、チャーム、ストレンジ。いったん散らばった素粒子は、同じ組み合わせにはならないだろう。素粒子は容易にすり抜け、詩人の魂を空洞化させる。意識や思想を無意味にさせる。変化するのは何のため？　曖昧な科学は哲学と同義語だ。詩人は誰にも影響力を及ぼさない。素粒子は素通りして彼を構成しない。障害物にもならない。ましてその命、誰にも役立たない。

【愛】

そうだ！　愛は悪なのだ！　不均等な愛は……　ただ唯一、愛が善のときがある。それは同等のエネルギー準位を持ち、同じタイミングで昇華したとき。均等な愛は神も黙認する。しかし無償の愛は重すぎる。きっと質量が存在するのだろう。過多な愛はバランスを崩し、新たなゆらぎとなり、物質の源としての悪が発生する。

愛は無電解めっき液を泳ぐイオンのようだ。触媒と接触し、還元され、結晶として析出する。このように悪から逃れるために変化（へんげ）する。そこに化学反応速度式が適用できるのだろうか？　それにしてもあまりに低き輪率。しかし、あるとき、愛は胎内を通過し、微量の質量を得て悪に染まる。果たして愛は何者なのか？

人間は億単位の偶然が重なった結果の必然。原点は虚数。きっかけはゆらぎ。嘗ては異常に励起したこともある。その結果の耀い。そのとき愛は存在したのか。愛も物質だったのか。ならば記憶は素粒子。絡み合って質量を得て悪の住処に堕ちた。物質の稠密なるものが詩人なのか？　嘗て光と同等の地位を占めていた。神と同じ地位を……　神はヒッグス粒子を避けて存在し続けた。神は質量のない善。すなわち虚像。そこに愛も生まれるかどうか？　人間も、動物も、植物も、鉱物も、煌めく星座も、質量を持った実像。すなわち悪。愛はどうなのだ。愛は励起した物質が、基底状態に戻るとき発するルミネッセンス。オーラともいえる。すなわち愛は悪より放たれた生成物。だから動物において著しい。特にその頂点に立つ人間に……　愛は質量から解放されるときがあるのか？　悪から離別することができるのだろうか？　事象の地平で時を忘れて辿り、ブラックホールに飲みこまれた。やがて超新爆発により、クエーサーとして天空を貫くとき、あるいは終焉のホワイトホールに辿り着いたとしても再び始まりのインフレーション。そのとき愛は質量を忘れて、詩人の記憶や意識の中で、善きものとしてラジカルに躍動する。

【結】

詩人は夢見る怠け者。怖がることは何もない。行き先に真実はない。歪みさえ存在しない。すべて曖昧な時空や感情。もともと何も持ち合わせていない。生きることだけが愛につながる。地獄も天国も存在しない。無駄な思考は辞めよう。悩みを意識することは無意味なこと。愛だけが存在する。もともと『無』から生まれた妄想達。もともと虚数から生まれた感情達。

あまりに富を集めることは危険。崩壊する巨大星雲と同じ。散りばめておくのが懸命だ。（これがリスクマネージメント）収集するノウハウだけが重要だ。（マニュアル化すれば再現できる）危ういのはバランスとシンメトリー。すなわち成熟すること。（無駄を省かなければ……）美しすぎるものには収束力がある。すなわち封印としての死。醜く歪んだものには拡大力がある。すなわち膨脹した生。詩人を構成している素粒子は想像力を育む。たとえ飛散してもそれは失せない。ときおり言葉が生まれようとする。詩人はその手伝いをしているだけ。もともと憎しみや哀しみはない。あるのは愛の概念。変形した愛の存在。ミクロもマクロも同じ。ひとつの尺度の数直線上に位置する。果たして善は善きものなのか？　悪は悪しきものなのか？　善も悪も等価である。神と人間は鏡像異性体——

そう……　謎解きはいとも簡単！

無＝善＝虚像＝非物質＝神もしくは愛

有＝悪＝実像＝物質＝宇宙もしくは人間

（さあ！　もう一度、読み返してみよう。D.C.（ダ・カーポ））

これから何処へ、何処へ行こうとするのか？　詩人は愛の求道者なのか？　それともただの物質なのか？　すべてに意味が有るが、詩人だけは無意味である。宇宙からも相手にされず神からも見放され、詩人はただ漂うだけなのか？　虚構の世界の中で……

【四つのソネット】

琥珀色のソネット

琥珀色の林道に
清楚な少女の肖像画があった
しばらく忘れていた権利のように
不意にヤクシソウは輝いた

再び落葉松に入れば
確かに軽井沢の風は薫り
浅間の煙はしなやかに棚引いた
――甦ったのは私　でも自分ではない
夕星(ゆうづつ)を仰ぐ旅人のように

古いソネットの言葉で
あの頃の情熱を伝えよ

やがて少女の記憶と共に
我が詩(うた)は消え去るだろう
時間が逡巡している合間に

【四つのソネット】

永遠性のソネット

死は永遠
永遠であるため　希望が存在する
生は有限
有限であるため　空虚が存在する

光子は踊る
スピンする方向に希薄
その収束点は曖昧
死は滅亡しない

ときおり頭をもたげる古代ギリシャ哲学

総論はプラトン風　想起的二元論
各論はアリストテレス風　演繹的三段論法

すべては言い尽くされたのか
既成概念を抜け出せない
果たして私の永遠性とは――

【四つのソネット】

三空間のソネット

海は過去を追憶し寄せてくる
人は海に憧憬し夢想する
あのとき君もそうだった
僕はどの世界を見ていたのだろう

大地は記憶もなければ忘却もない
人は大地を信頼して身を任せる
嘗て君もそうだった
いずれ僕もそうなるだろう

空は波長を変えて色づいていく

人はその先の夜空に祈る
それは終焉なのか　始動なのか
今がその時なのか　そうでないのか
どの姿が本当なのだろう
僕らの魂はこれらの空間を漂っている

【四つのソネット】

さざなみのソネット

淡く光が射し込んでいた
さざなみはゆるやかに寄せ
小さな砂山を崩し
さくら貝を残していった

言葉はもどかしかった
一瞬の昂まりに
海は深く呼吸し
やがて風は巻いた

沖はむらさきに溶け

金星は何気ない仕草で
陽を追っていった

時は出航した
独り見送る浜辺には
もはや……　波跡もない

サラバンド

夜が明ける　鳩が飛ぶ　君は祈り　時は黙す
波が寄せる　風が渡る　君はやがて去ってしまうだろう
日が暮れる　鐘が鳴る　僕は祈り　時は動く
夜の光　天のスピカ　君は今　何処にいるのだろう

生きることは　失うこと
今ならすべて　許しあえることもある
生きることは　慈しむこと　愛することの　尊さを
幼き頃　君と二人　パンを分けた　その小さな幸せを
生きることは　凡庸だと　今ならすべて　理解できる

あるべき姿は存在したのか　存在するのは無だけなのか
鬱ぐ心　有限でない　昂揚した意志　永遠でない
基底と励起　いきつ戻りつ　ゆらぎの中　生まれ育つ
生きた証　僕の時空　君の宇宙　遠く霞む
僕はひとり今日も旅する　生ある限り歩み続ける
背いた君より罪は深い　僕を創造主は許すだろうか
グラナダからトレドの街　花の小径　巡礼の路
君が求めた扉探し　虹の階　ゆるやかな風

日が暮れる　鐘が鳴る　僕は祈り　時は黙す
夜の光　天のスピカ　僕はずっと　彷徨い続ける

（注）「SARABANDE【八つのハープシコード曲集】
（作曲……GEORG FRIEDRICH HÄNDEL）」の心象詩

プロセス

死の前に病がある
病の前に老いがある
老いの前に衰えがあり
衰えの前に迷いがある
そして
迷いの前に差別化があり
差別化の前に活性化の時期がある
――必ずある

この長くもなく　短くもない
プログラムやメカニズムの中で

自然と沸き立つエネルギーを貯えて
僕らは喜びを分かち合うのだ
僕らの原点である生を見失うことなく
自分の満足をいかんなく発揮するために
僕らは少しずつ努力しなければならない
たとえ能力はとうの昔に決まっていても
僕らは一日の喜びを見いだすために
妥協しつつ
再び努力しなければならないのだ

老いる

嘗て……
楽しんだ趣味が重荷になる
（物事を整理する徒労感）
親しんだ友との語らいが負担になる
（独り居は寂寥で集団は煩雑）
鋭気を養った場所が空虚になる
（豊潤の泉も身体には不浸透）
安寧を得た夜に押しつぶされる
（暗闇は息苦しい閉塞感）
癒された森が緑の恐怖に変わる
（鳥や獣も襲ってくる予兆）

もともと変化やスピードに弱い個体
ステップアップしないエネルギー準位
集中管理が不能な頭脳
各部位が無意志で蠢く
その結果の破綻……

もはや情熱だけでは対処できない
シンプルに感情を削ぎ落とせ
過去と現在の辻褄あわせは中止せよ
時空を看過できないものか
せめて曖昧にできないものか

秋の海

寄せ波を遮るものはない
引き波を見送るものもない
ただ海は静かに煌めき
白雲さえも見あたらない
光の鎖は定置点を外れ
影の隙間は沖で揺らぐ
　（魂は戻っていくのか？）
岩場にはヤドカリも見えず
磯遊びする子らもいない
ただ潮風が告知しに来る
それは過去を辿るものではない

未来へ向かうものでもない
過ぎる香りは現実を気付かせる
砂浜に腹這い
すでに逝った魂の声を聞く
こんな穏やかな夕暮れに渡っていきたいのだ……と

海まで

このまま海まで流されようか
汐の香りが懐かしい
そこには密かな想い出が
いつまでも心に宿るだろう
岩場で父が長男に
釣りの極意を伝授する
浜辺で母が幼な子と
沈む夕陽を見送るだろう

このまま海まで流されようか
さざなみは太古の響き

そこには時空の順列が
紫の記憶を辿るだろう
引き潮の砂州でイソシギが
いまでもか細く鳴いている
あなたは大きく手を拡げ
アンドロメダを抱くだろう

月の光に捉えられ
しばしの安堵を覚えたら
このまま海へ流れて行こう
櫂の音は眠りを誘い
巻き石が舟底で爆ぜる頃
このまま海へ流れて行こう
——ゆっくりと　ゆったりと
——ゆったりと　ゆっくりと

新盆

ときおり熊蝉が騒ぐ
立ちふさがる入道雲
幾筋もの稲妻が走る
萌葱色の苔が闇に浮かび
海鳴りが聞こえる

落雷に裂けた原生林
新たな生が授かる
淡い想いが存在しない頃から
すでに時を隔てて
再生を繰り返していた

戦いを見送った振分石
夏草に露が結んだ
驟雨は去り　人々は行き交う
女達は祈り
男達は黙想した

その夜――
幾つもの送り火が耀（かがよ）った
それは初めて魂が甦った日
創生期より寄せる波を越えて
無言で遙かに漂っていった

嘗て同じように
多くの生命が渡ったという

ときには燃え尽きぬ間に
未知の世界に思いを馳せて
秘めやかに流れていった

今は静寂だけが存在する浜辺
月影にうたかたが点滅する
光の網は
さざなみに揺れる灯籠を
手繰ろうとしていた

第五章　今あなたに捧げる詩

礼拝堂

海を眺めている
あれからずっと……
過ぎる人達は僕を抜け
影だけを踏んでいく
潮の香も花の色彩も覚えず
ただ待ち続ける
波の変化だけを認識する
あれからずっと……

海は輝いている
空は高く澄んでいる

砂嘴は三方より攻め立てられ
それぞれの思惑で砕けていく
御影石の燈台は
いびつな水平線を照らし
旅の途中の魂を
今日も静かに見送った

僕が逝った夜
君は涙しただろうか
それからの日々
辛い時を送らなかったろうか
苛められはしなかったろうか
僕は思い出す
春浅い夜汽車ではしゃぎ
しゃべり続けていた君を……

その日も海は穏やかだった
遠く蓋井島（ふたおい）が浮かんでいる
——突然海は割れた
砂州は水平線までつらぬいた
光の塵に揺らめいて
合掌した人型が現れた
無表情な口元を閉じて
その一筋の径を辿ってくる

礼拝堂の扉が開いた
君は僕に寄り添って
バージンロードを歩んだ
立会人も司祭もいなかった
ベルリンガーもいなかった

ブーケを携えない透明な掌には
赤い花柄の封書があった
それは僕の形見の一品(ひとしな)

十字架に並び立ったとき
促すように霧笛が鳴った
晩鐘はやさしく響き
海鳥が一斉に飛び交った
水仙は仄かな香りを漂わせ
手紙が祭壇に置かれていた
「いつまでも一緒に……」と
結びの言葉が滲んでいた

いつしか二人の姿はなかった
踏まれるべき影もなかった

夜風はときおり角島(つのしま)をかすめ
海は太古のリズムを伝えていた
混沌とした天空に
通り過ぎた光達が漂っていた
新たな二つの煌めきは
遠い記憶を蘇らせようとした

迷い雪

蜜柑色の陽を求めて
長門峡を辿る
誰もいない遊歩道
先輩（とも）の背を追って
無言で枯れ枝を踏みしめる
冴え返った早春の午後
岩場の苔に湧水が伝わる
それらを集めた丁字川

蜜柑色の陽を遮って
孤児達は激しく舞い落ちる

そのひとひらの結晶は
よどみに降り立つのか
断魚淵に巻き込まれるのか
あゝ！　中也の感嘆符よ！
こうして僕らは彷徨い
紅葉橋まで分け入る

柳井賛歌

茶粥を啜ればその香り
在りし日を密かに想う
花手折れば白壁の町並み
夕暮れのモニュメント
ゆるやかに時を告げるオルゴール

遠き後輩(ともき)来れば
甘露醤油の秘法を語る
オリオンはすでに傾き
渚に寄せるさざなみは
抒情豊かなビゼーの調べ

夏になれば軒下の
金魚提灯の尾は揺らぎ
天神通りに灯（あかし）が過ぎる
幼なじみの三角餅
頬張り神輿についてゆく

登り詰めればわんわん寺
手を叩けばその響き
嘗て独歩は認めた
柳井名物『置土産』
自伝『少年の悲哀』を

茶臼古墳より眺める故郷
しばし若き夢路を辿る

琴石山から凪は下りて
周防(すおう)大島はかすみ
瀬戸は今日も凪

あさりを掬った柳井川
学友達はすでにいない
優しい父母も見送った
塩田に続く桜堤へと
華筏浮かぶ悠久の流れ

石畳に雨が降る
仕事の合間にギターを弾けば
昔の仲間を思い出す
気強く力まず諦めず
これからも独り生きていく

黒木慕情

城山に佇めば
松風の騒ぎ
キャンプファイヤの跡
夏の名残
君の名残

逢いに来たのだ
若き日の君に……

桜葉はすでに散り
光の隙間で漂っている

遠く刈り入れの音
熱病のように彷徨い
言葉を見つけようとする

　見渡せばすべて山　山……
　君はこの地を捨てたのだろうか

大藤に抱かれ天空を仰ぐ
割れるような夕焼け
河音の存在を知る
君がまくら辺で聞いた
矢部川のせせらぎ

　漠然と滑り落ちる時
　ただ黙して見送る

黒木は山間の町
黒木は城下町
君の幻影が漂う町
あるいはミューズが住んだ町？
そっと騙されてあげるのも　……愛

水路

そのとき通潤橋の水路が割れた
放射状に落ちていく飛沫
淡い色彩の虹に
君は消え入るようだった

孟宗竹の小径を歩いていた
布田神社で願掛ける君
「縁結びにしてね……」
幼い僕はその心を知らず
切り通しを寡黙に辿った

五老ヶ滝の柱状節理に
石楠花は開いて
花しのぶも咲いて……
阿蘇外輪山では
鶯が警戒するように
地鳴きを繰り返した

暮れようとしていた
草千里は野焼きも終え
農婦は痩せた土地に
鍬を入れ蕎麦を撒いた

僕は無邪気に吊り橋を揺らした
君は強く腕を掴んだようだった
「哀しい想い出にしないでね……」

編んだレンゲの小舟は
梳けながら流れていった……

八朔祭の夜
四尺玉は炸裂し
海に不知火（しらぬい）が浮かんだ
そのとき再び水路は割れた
僕は思わず
飛沫の虹に君を捜した

紫陽花の咲く丘

砂州を越えて君は逝った
夏の陽射しが降り注ぎ
潮騒も聞こえない浜辺
蝉も鳴かない松林
友の足音だけが静寂を破る
まだ刻されていない墓標
老いた母は花を添えて
気丈にも杖をふりあげた
そのとき朱鷺が羽ばたいた
——君が舞い降りてきたようだ

嘗て君が登った弥彦山
今日は仲間を先導する
ほらご覧……
佐渡が大きく横たわっている
荒波があんなに強く光っている
足元には紫陽花の花
紫に　薄紅に　純白に
そして鮮やかな群青に……

振り向けば越後平野
いく筋もの天使のきざはし
そこだけが穏やかな日溜まり
信濃川(かわ)はようやく日本海(うみ)と邂逅し
古代砂丘をバスが走る
そこが君の生まれ育った町

君は微粒子となり漂っている
僕らは君の記憶を拾い集め
ひとつひとつを再現してみる
　初めて出会った古びた部室
桜の木陰で奏でたトレモロ
『小雨降る径』辿った下宿
君は覚えているだろうか……
戸隠へ向かう林檎並木
空は透きとおるように碧く
毛無山は母のように優しかった

僕らもやがて微粒子になる
それまで僕らは忘れない
それまで僕らは歌い続ける

君は僕らの中で輝いている
——やがて燃えるような落日
そのとき君の微粒子は
僕らと混じり合って再生する
そのとき君と僕らの
新たな伝説が生まれるだろう

盛岡素描

春――　風光る石割桜
今年も健気に咲いている
虹のきざはし　ミモザの黄色
その彩りに心沸き立つ

夏――　風薫る白百合の花
校舎の隅に潜んでる
太鼓　ばちの音　さんさの踊り
あの朴訥な情熱燃やす

ああ！　いつもいつまでも

北上川に思い出流れ　岩手山に歌こだまする

秋――　風白むプラタナスの葉
甘い香りを散らしてる
啄木河原　人待ちの影
ただたまゆらの命預ける

冬――　風荒ぶトウヒの木立
魂の実　宿してる
ひっつみ鍋にどぶろく含み
ふと独り居は行く末惑う

ああ！　いつもいつまでも
北上川はうす雪浮かべ　岩手山は孤高に夢む

初雪

自分らしく生きれば良い
見栄を張らないで
自分と同じ位相で歩めば良い

疲れたときは休めば良い
追い抜いていく人には
ただ微笑みを送れば良い

風のように繰り返す日々に
今日の力　明日の希望　未来の夢
ポディションが定まれば憂いなし

潮騒に懐かしさを覚え
秋桜を美しいと感じ
霜柱の畦に足跡を残していこう

春の陽射しの中で
光の糸と絡み合い
無為に時を過ごしてみよう

たとえ進歩がなくとも
現状維持であったとしても
愛する人と共に過ごす喜び

そんな人生で良いじゃないか
万雷の拍手がなくとも

自分の息遣いで進んでみよう

でも……　初雪の夜は
遠くで娘の幸せを願う父のことを
少しは思い出してね

香り

初めて香水を作った
古本屋で手に入れた処方箋は
伝統的なローズコスメチック
三つ口フラスコに原料を入れ
撹拌し反応させ
ひと晩熟成させた代物
その香りを『ミヨコ』と名付けた

徹夜明けのその日は学園祭だった
お喋りをしている女子大生の群に近づいた
ポケットから『ミヨコ』の詰まっている

試験管を取り出し一本ずつ手渡した
怪訝そうに眺める彼女達
コルク栓を抜くとお喋りは止み
みんな俄に立ち去った

秩父の山並みに筋雲が流れていった
古い校舎の六十二番教室では
歪んだ窓ガラスに夕照が纏わり
軋んだ床には
割れた試験管が散乱していた
『ミヨコ』は行き場を失って
ただ漂うだけだった……

赤い薔薇　—ETERNAL LOVE—

僕らは単なる恋人でも友達でもない
それらを超越した RELATIONSHIP
父性でもあり母性でもある
時空を越えお互いがお互いの
喜びや悲しみを TELEPATHY で
理解しあう COSMOS でもある
君が悩めば僕はそっと見守り
僕が弾けようとすれば
君は諫めようとする
このようにして
僕らは良い POSITION を

保とうとして努力する
それは心の重さではなく
ましてや束縛するものではない
青い空と碧の海が触れ合い
離れてはまた融合するように
自然でもあり慈悲でもある
それは刹那でもなく断片でもない
お互いがお互いの師であり
個々に成長し認識しあうPARTNERSHIP
くちづけはそうした証
生きてまた逢うまでの封印
僕らはそれぞれの業に従って修行する
『シッダールタ』の悟りは
一輪の赤い薔薇と等価だ
僕らはこうして語り合い

ゆるやかな風に身をゆだねる
明るく暖かい陽射しを目指して
また歩んでいく
僕の愛は父性のようだ
君の愛は母性のようだ
無限へと繋がる
光りの渦に捕らわれて
WE ARE ETERNAL LOVERS

月光

娘は永久の眠りについた
セーヌはアルペジオのさざなみ
モンマルトルの丘に半月がかかる
残りの光は祖国に置いてきた

モンセラートの奇岩より
傾いた灯りが漏れてくる
青白い帯はリフレインとなって
修道院を照らしている

復活祭の夜

黒い聖母は担ぎ出された
グレゴリオ聖歌の荘厳さ
精霊達は高みに登っていく

ボナパルトの敗走とともに
ピレネー山脈を越えた
娘よ！　君はそのとき生まれた
……そして妻はみまかった

ふとロシアの雪原を想う
戯れの恋は生きるエネルギー
『シンデレラ』を舞い続ける
プリマドンナ　ユランよ！

今も祖国は荒れているのだろう

月光よ！　届けて欲しい
妻に　娘に　同胞に
この六弦のギターの響きを……

モンマルトルに墓標が並ぶ
ひとつはフェルナンド・ソル
傍らに娘カロリーネ
今宵も半分の光が　丘に降り注いでいる

（注）「ETUDE Op. 35-22」（作曲……FERNANDO SOR）の心象詩

この時代

柿の木を育てるため
多くの生き物を排除せねばならない
雑草とはそもそも
自分好みでない植物を指す

落ちこぼれというのも変だ
偏差値から外れた子供達
個性尊重と言いながら
はみ出した者を敵対視する
この時代の好みに合わない子供達

富は一部の人に集中する
そして皆それに憧れる
——昔は違ったな
貧しくても希望があった
瓦礫の隙間から
それぞれの青空が見えたものだ
強い者が弱い者の面倒をみた
〝惻隠の情〟とか〝忖度〟などと
曖昧で優しげな言葉もあった
戦争後ほんの少しの間だが……

田園

あなたは大地に根付いていた
赤城おろしに堪え　凛として暮らしていた

朝のバイオレットライトを浴び
きゅうりやトマトは酸素を放出する
上州の山並みにここだけが日溜まり

夕暮れの関越自動車道
ビニールハウスより手を振り
家族や多くの知人を出迎えた

やがて明星は残雪の荒船山に点り
結べぬほどの星座が耀う
ポーラスターは今宵も認められなかった

――太陽の順行と供に過ごす
青空ときに颪雨　寒さもあり暑さもある
この循環はこれからも恵みをもたらすだろう

明日の君達へ

君は自分で道を拓こうと頑張った
荒川土手で身体を鍛えていた
深夜遠くから故障バイクを押してきた
プロ級ドライバーで音感も豊か
ネズミモチの木で俯瞰していた君
世間を理解して自分を変えた
独創的な考えを持つ
心優しいリーダーだ

君は賢く頭が良い
読書量は膨大で知識も豊富

絵が上手で手先も起用
マニュアルを読めばすべて修理できる
一緒に悩んでいたのだが
君は自力で立ち上がった
激しさと穏やかさが同居する
君から暖かい気持ちが伝わってくる

君は僕らと同じ末っ子
出産のとき立ち会えた
だから君の行動はよく分かる
背伸びしながら目立とうとする
ピアノ　トランペット　バイオリン
華やかな舞台がよく似合う
勤勉で努力家　語学研修で海外留学
今では多忙なエンジニア

個性を生かして活動し
たとえ不遇でも腐らず清貧に
自分の身の丈で過ごす心地好さ
日々にささやかな喜びを見いだそう
……均等の愛情を注いできた
　いずれ　お別れ
　感謝の言葉しかない
　今一度言う「ありがとう」と

あとがき

十八年ぶりに詩集を自費出版することになった。処女詩集『通勤途中』（発行／株式会社ダブリュネット、発売／株式会社星雲社）は、まさにサラリーマン真っ只中の発行であった。そして引退した現在、通勤をしない生活となった。そのため第二詩集の題名を『通勤後譚』とした。

さて、本詩集は五章構成とした。第一章『夢の旅人』は、すべて外国を舞台にした。五十歳前後、ヨーロッパなどを憑かれたように巡ったときの心象を詩にしたものである。

第二章『営み（二）』は、日常生活をテーマにした作品群である。『通勤途中』に掲載した『営み』の続編に位置する。仕事を引退し、気がつけばすでに高齢者の仲間入り。前半はサラリーマン時代最後の生活を、後半は無職で主夫生活の現在を記した。

第三章『若き日への誘い』は二部構成となっている。前半は歳を経た後、若き頃を振り返って書いたものである。後半は十代の頃の詩をまとめた。特に「晩秋の心」は処女作である。「夕景」は、小説風散文詩である。思えば、第二章から第三章は、過去へ遡ることとなり、懐かしさと同時に楽しい旅となった。

第四章『未踏』はやがて訪れる死と、それに対面する生を題材とした作品を並べた。これから辿る道程は未知数で、逝きつく先は曖昧という思いで綴ったものである。長編詩「未踏」は叙事詩的に、漂泊する詩人の迷いを描いたものである。続いて四篇のソネットを掲載した。ソネットは私にとって、彷徨う魂のように感じる。そして後半は死に対する思いを色濃く滲ませた詩篇である。

第五章『今あなたに捧げる詩』は、いよいよ人生も残り僅かとなった今日、接するものすべてに愛おしむ心が芽生えるようになり、賛歌としてまとめたものである。特に「紫陽花の咲く丘」は、『通勤途中』を発行する際、アドバイスをして下さり、推薦文や帯の言葉を頂戴した友人（故人）に捧げる詩である。

さて、この詩集に掲載した六十二の詩篇のうち、半数余りはすでに発表した作品で、その一部を改訂したものである。その初出等を目次の順番に沿って左記する。

☆『ゆるやかな風』（玉木きよし・ＣＤ版）に収録

朱色の塔（朗読詩）　（二〇一一年　秋）

☆『詩芸術』に掲載

巡礼（原題「参拝」）　（一九九九年十二月号）

雨のミラノで　（二〇〇一年　二月号）

街角　（二〇〇〇年　三月号）

上空より　（二〇〇一年　三月号）

少女　（二〇〇一年　一月号）

窓際　（二〇〇〇年　五月号）

北国への想い（原題「再会」）　（一九九二年　三月号）

小さな決意　（二〇〇〇年十一月号）

坂道　（二〇〇〇年　六月号）

さざなみのソネット（原題「夕景」）　（一九九八年　一月号）
プロセス　（一九九六年　九月号）
新盆（原題「熊野にて」）　（一九九二年　九月号）

☆『埼玉大学ギタークラブＯＢ・ＯＧ会ＨＰ（会員頁）』に掲載

詩人の魂　（二〇一四年　二月）
小雨降る径　（二〇一四年　九月）
元旦　（二〇一六年　一月）
通勤後譚（原題「無職」）　（二〇一三年十一月）
夕映えの二人　（二〇一三年　十月）
一九九〇年　秋　（二〇一五年十二月）
成増辺り　（二〇一三年　五月）
礼拝堂　（二〇一三年　三月）
迷い雪　（二〇一三年　三月）
柳井賛歌　（二〇一三年　二月）
黒木慕情　（二〇一四年　七月）

水路　（二〇一四年　二月）
紫陽花の咲く丘　（二〇一五年　七月）
盛岡素描　（二〇一四年　三月）
初雪　（二〇一五年十一月）
香り　（二〇一五年十一月）
赤い薔薇　―ETERNAL LOVE―　（二〇一四年　五月）
月光　（二〇一三年　三月）

☆『合奏団「トレド」第一回発表会』
サラバンド（朗読詩）　（二〇一一年　十月）

☆『MUSIC FORUM』（演歌・歌謡曲の部）に掲載
サラリーマンソング　（一九九九年十二月号）

おそらく私にとって、本詩集が公にする最後の詩集となるであろう。処女詩集『通勤途中』と、本詩集『通勤後譚』に掲載された詩編を合わせると百編になる。虚構の世界を描いたとはいえ、これらは私が生きた証でもある。

本詩集を発行するにあたり、いままで支えて下さり、お付き合い下さったすべての方々に感謝の意を表します。特に推薦文『ゆるやかな風』を頂戴した学生時代からの友人玉木清さん、装画や挿絵を提供して下さった高校時代の同級生、江尻了子さんに心から御礼を申し上げます。
そして、編集に際し、様々な提案や助言を頂戴した株式会社郁朋社の佐藤聡代表取締役、制作に携われた宮田麻希さん、装丁をして下さった根本比奈子さんに厚く御礼を申し上げます。

二〇一七年　五月五日　六十八歳の誕生日に記す

ゆるやかな風

玉木　清

十八年前、由紀荘介君は詩集『通勤途中』を出版した。クラシックギターのクラブ活動で、一緒に過ごした頃の彼は化学系学科のクールな学生であった。その彼が五十歳で詩人となった。詩人の登場は驚きと賞賛をもって迎えられた。私は休みになると彼の詩を声に出して読むようになった。何時からかメロディを付け、ギターで弾き語りをしたいと思うようになった。そして制作したのがＣＤ『ゆるやかな風』であった。私はギター演奏と詩の朗読のコラボレーションが好きである。何編か彼にギター曲に合う朗読詩の制作をお願いし、「サラバンド」や「月光」のギター合奏曲とコラボを実現した。その詩篇がこの『通勤後譚』で日の目をみることになる。味読いただけたら幸いと思う。

【著者紹介】

由紀　荘介（ゆき　そうすけ）

1949年東京都生まれ。15歳から詩を書き始める。
会社勤務の傍ら、1989年から由紀荘介のペンネームで、
『詩芸術』に投稿を始める。

著作『詩集　通勤途中』㈱ダブリュネット　1999年

第二詩集（だいにししゅう）　通勤後譚（つうきんごたん）

2017年9月23日　第1刷発行

著　者 — 由紀（ゆき） 荘介（そうすけ）

発行者 — 佐藤　聡

発行所 — 株式会社 郁朋社（いくほうしゃ）

〒101-0061　東京都千代田区三崎町2-20-4
電　話　03（3234）8923（代表）
FAX　03（3234）3948
振　替　00160-5-100328

印刷・製本 — 株式会社東京文久堂

装　画 — 江尻　了子

装　丁 — 根本　比奈子

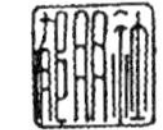

落丁、乱丁本はお取り替え致します。

郁朋社ホームページアドレス　http://www.ikuhousha.com
この本に関するご意見・ご感想をメールでお寄せいただく際は、
comment@ikuhousha.com　までお願い致します。

 ISBN978-4-87302-656-5 C0092